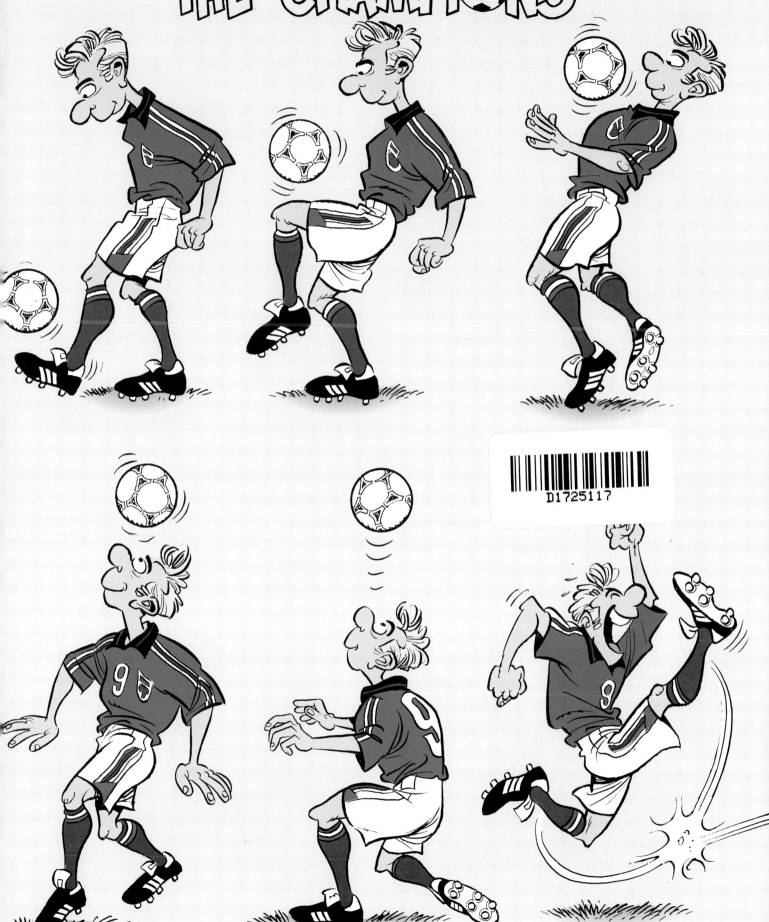

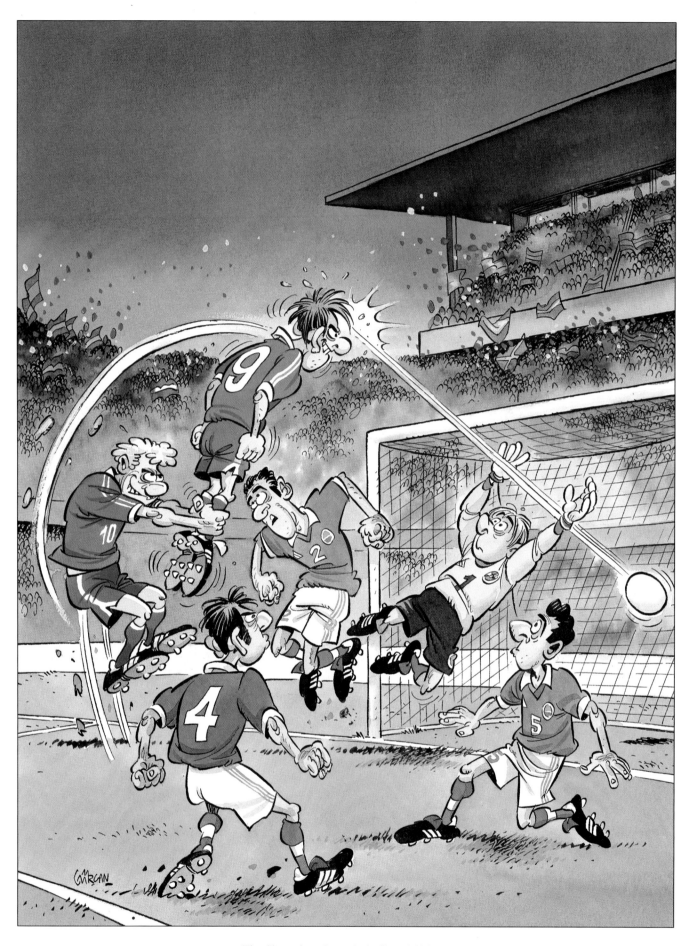

The Champions 1   -   1. Auflage 2000
© Arboris Verlag, NL-7021 BL Zelhem
© 2000 De Boemerang/Gürcel
Alle deutschen Rechte vorbehalten
ISBN 90 344 0746 2
Internet: www.arboris.nl und www.exult-import.com

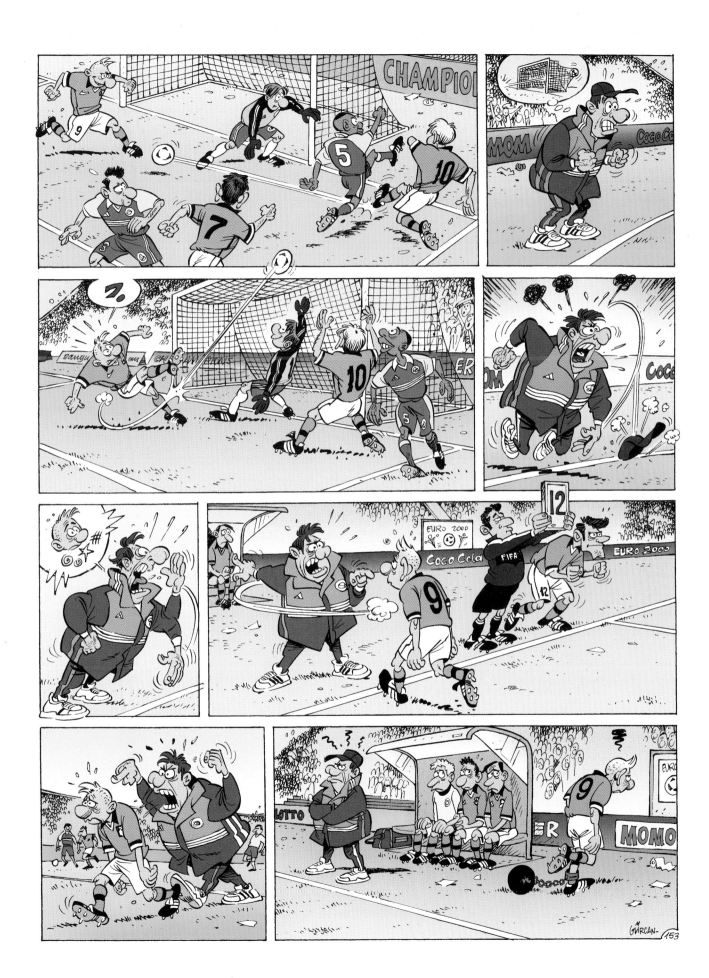

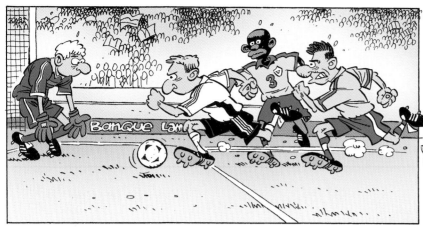
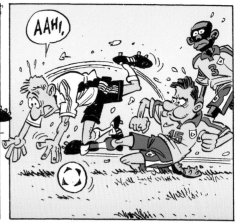
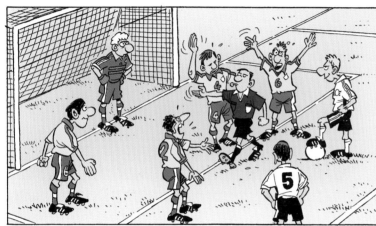
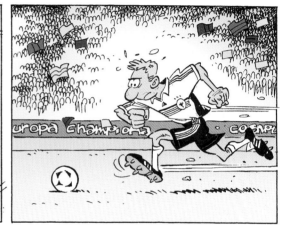
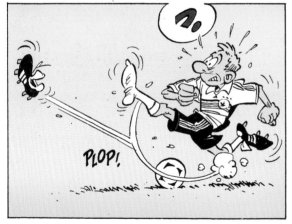
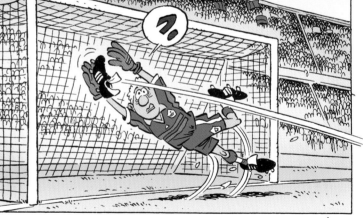
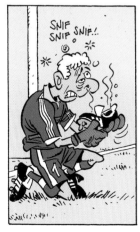
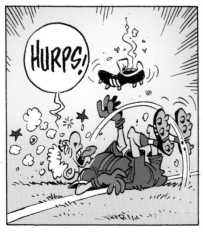
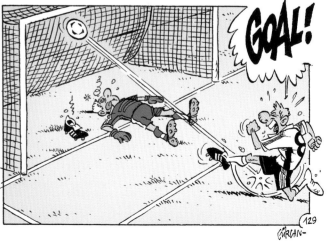

4

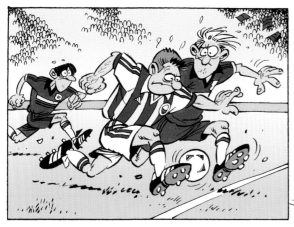
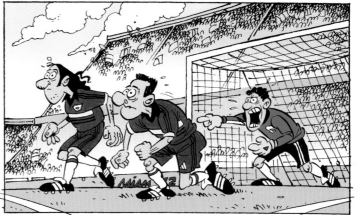
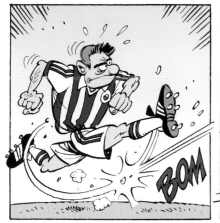
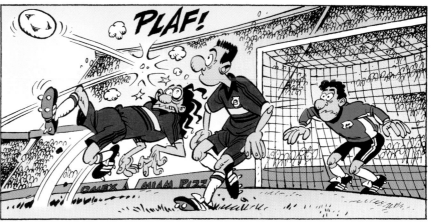
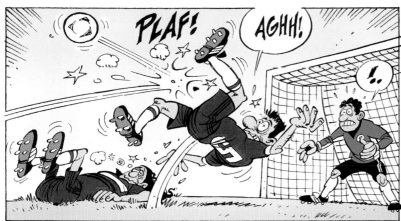
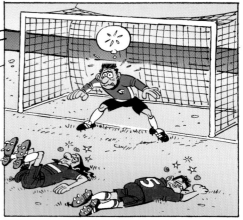
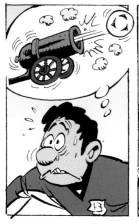
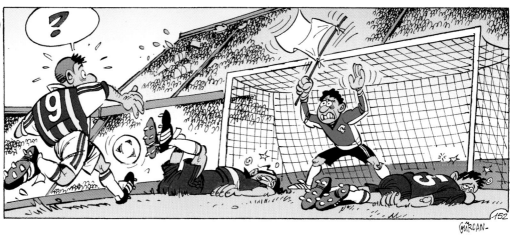

5

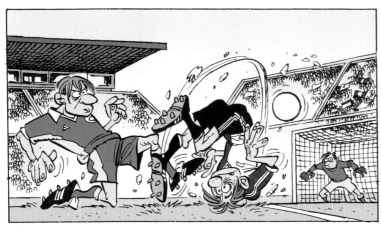
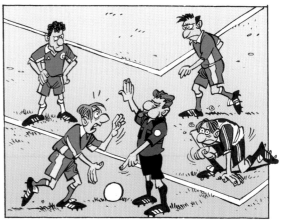
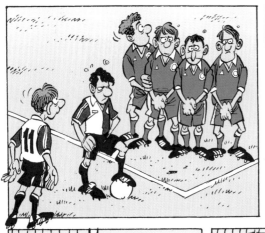
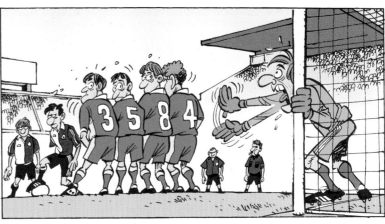
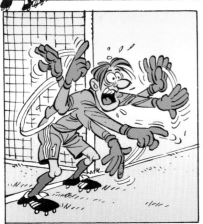
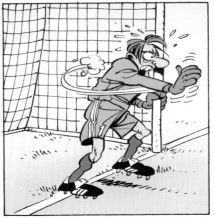
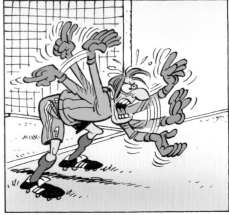
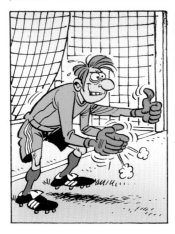
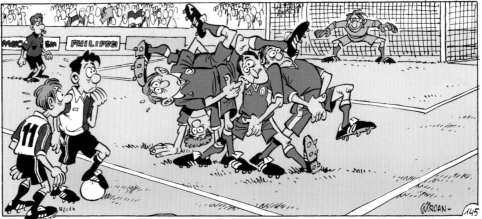

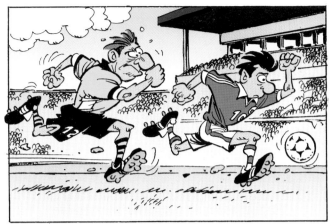

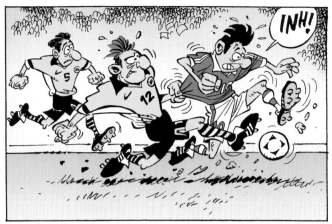

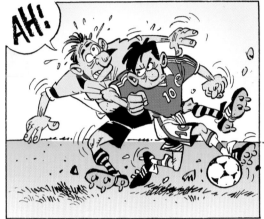

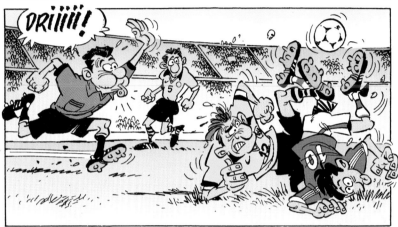

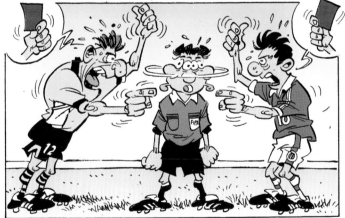

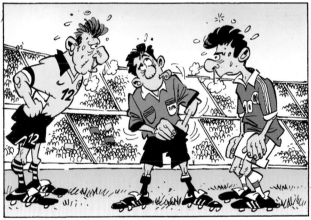

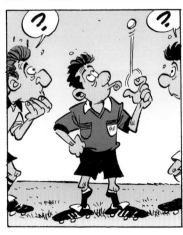

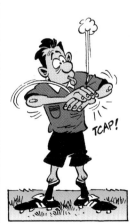

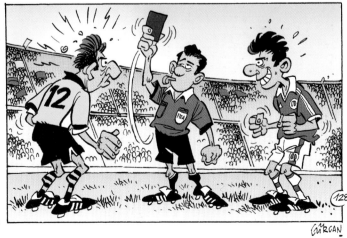

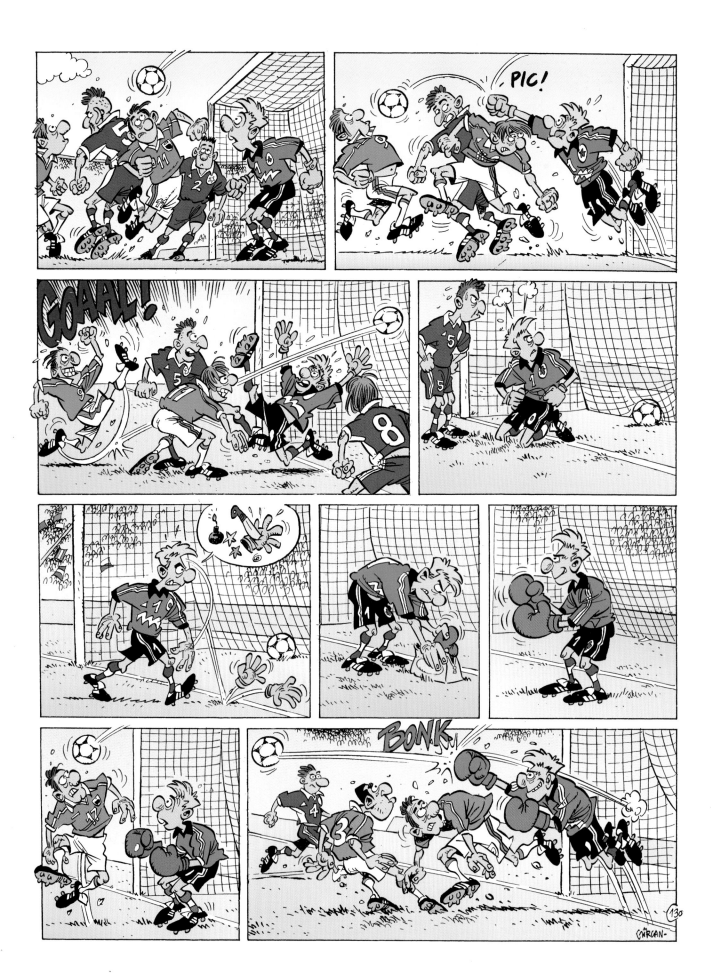

8

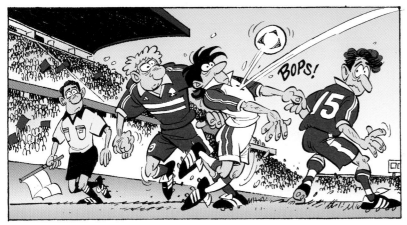
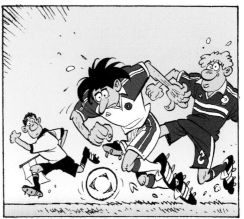
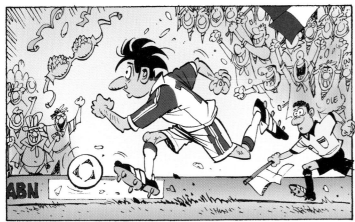
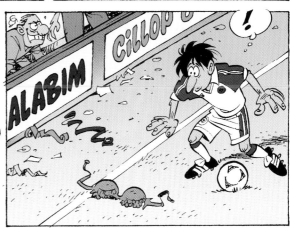
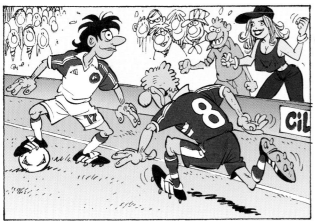
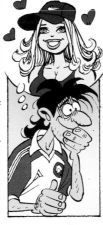
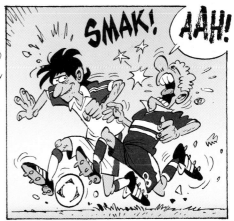
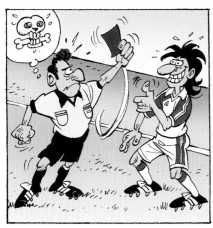
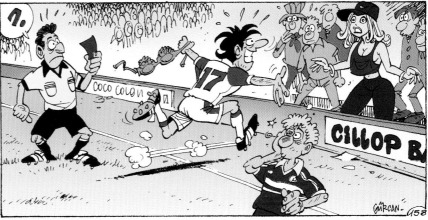

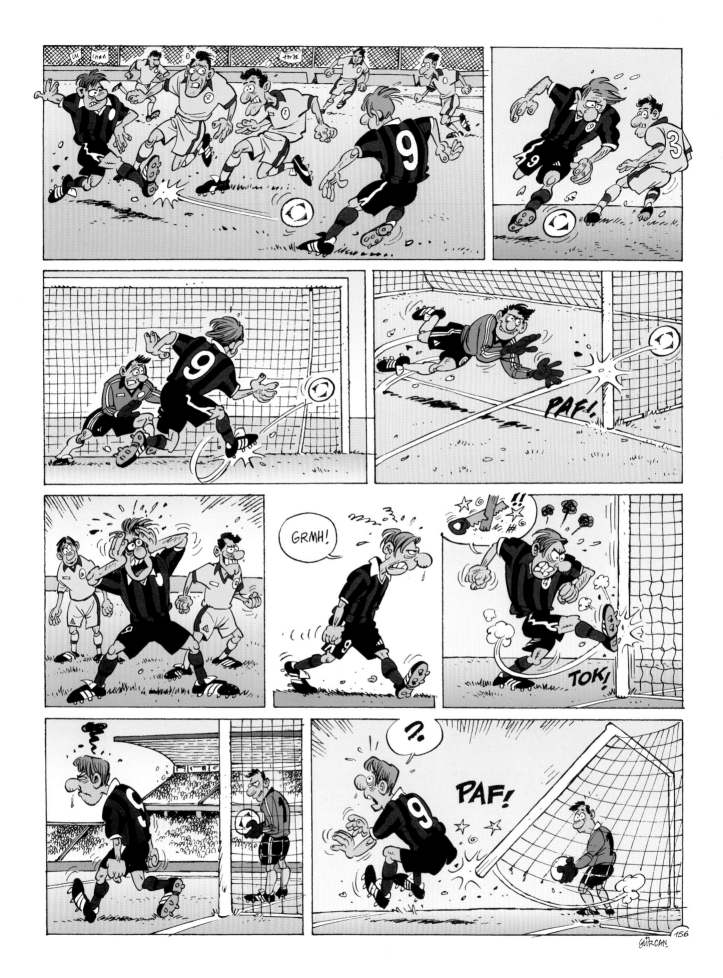

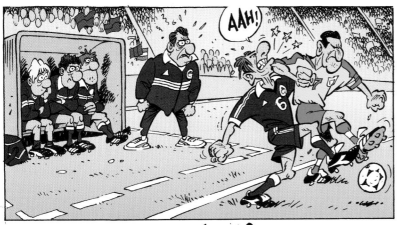
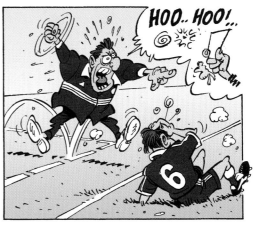
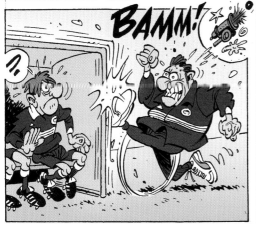
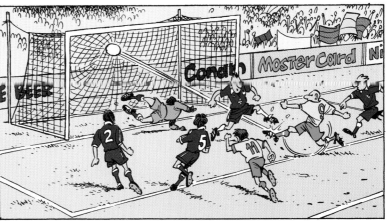
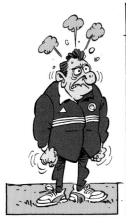
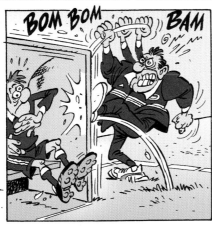
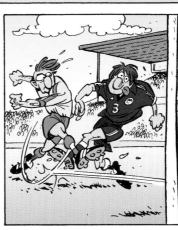
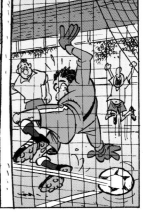
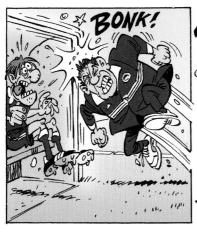
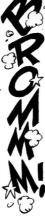
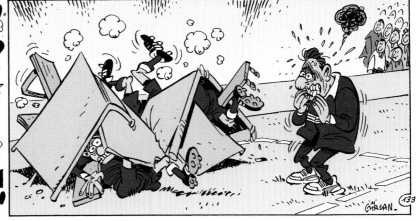

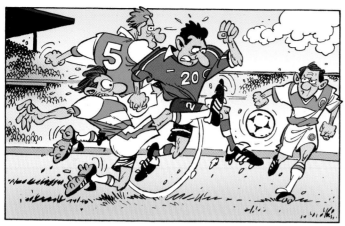
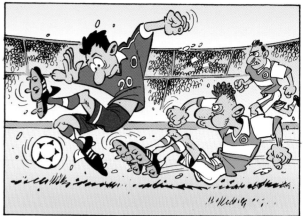
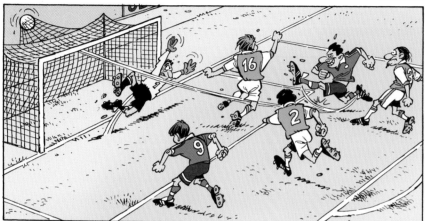
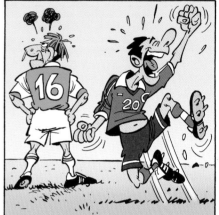
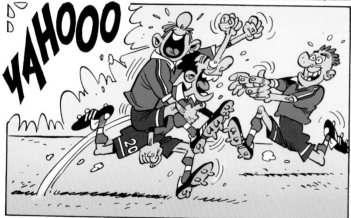
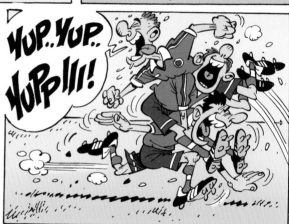
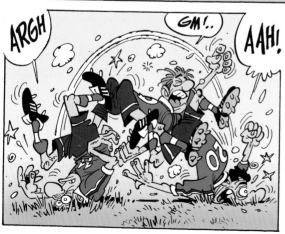
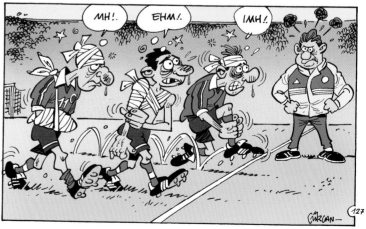

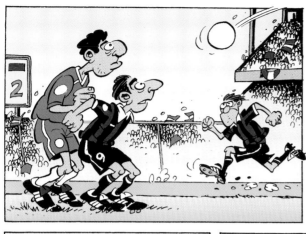
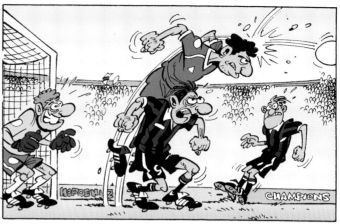
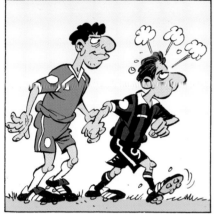
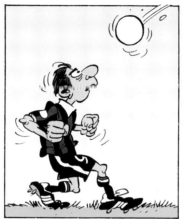
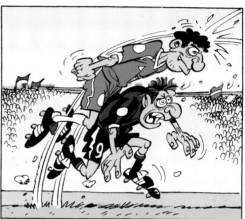
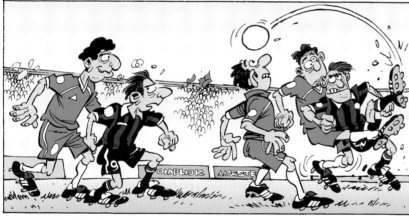
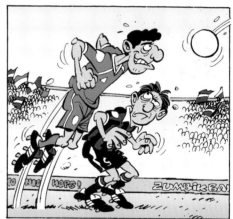
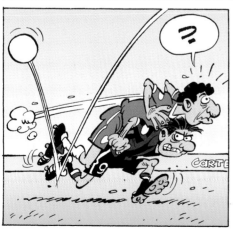
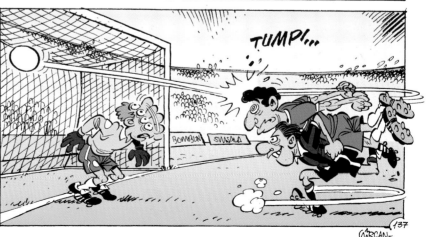

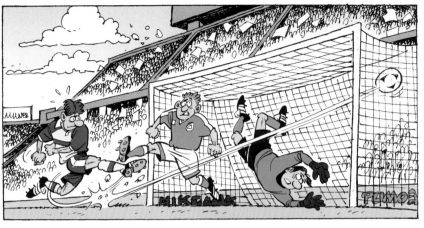
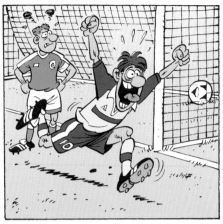
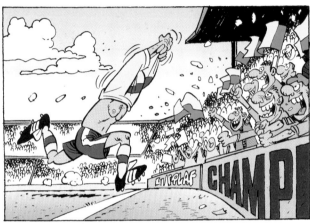
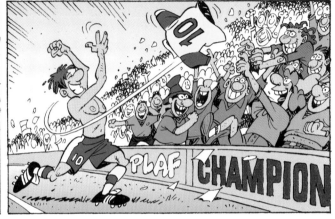
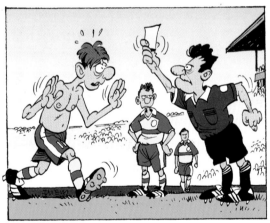
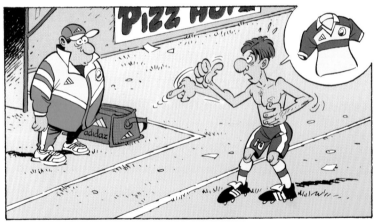
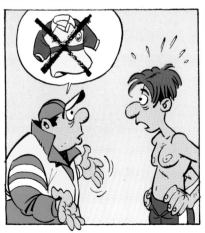
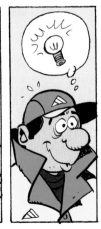
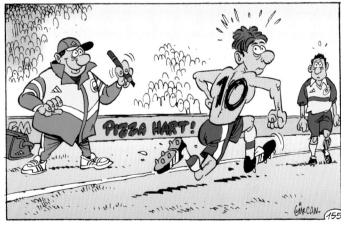

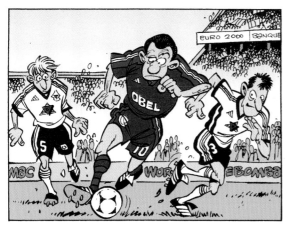
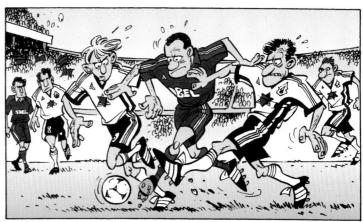
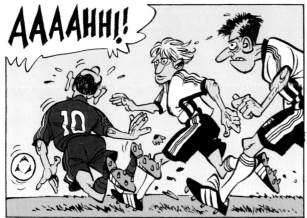
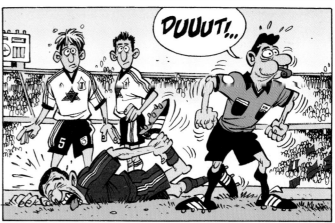
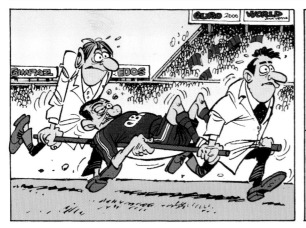
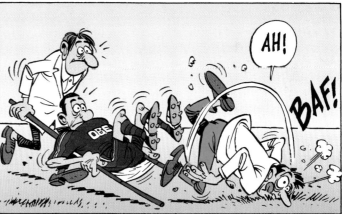
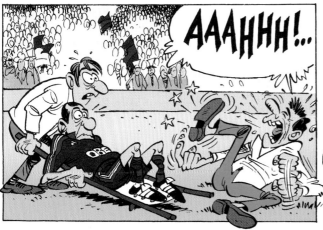
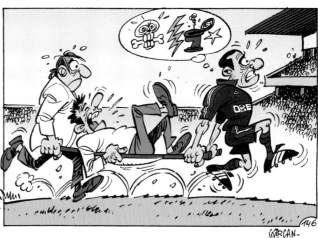

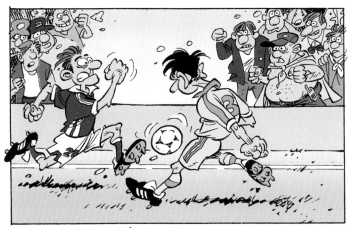
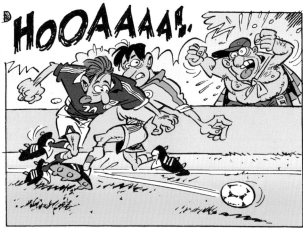
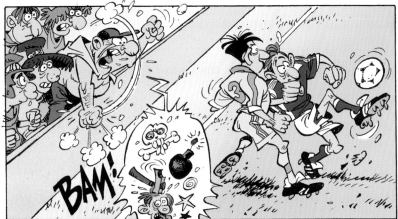
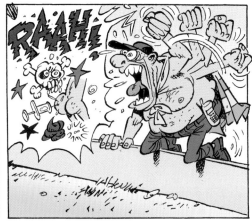
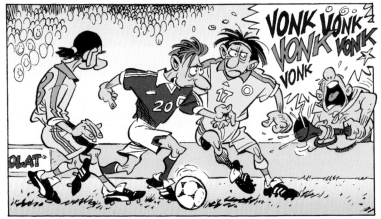
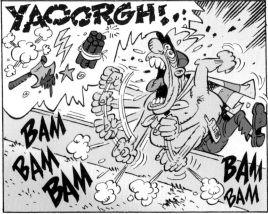
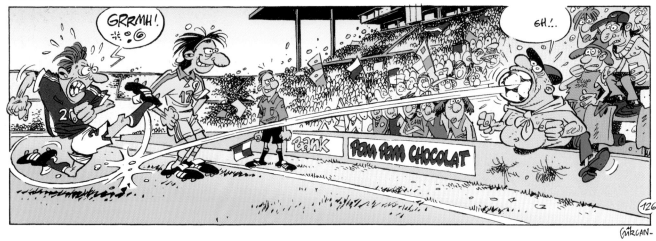

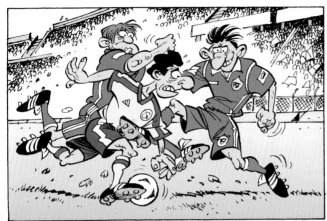

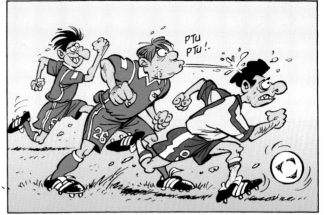

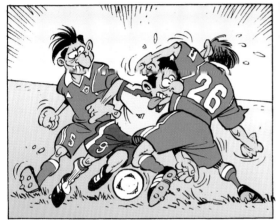

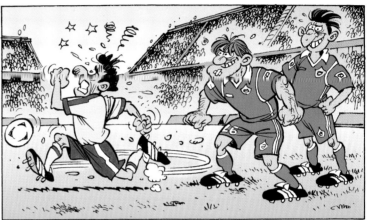

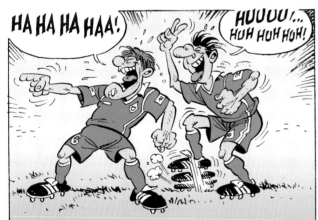

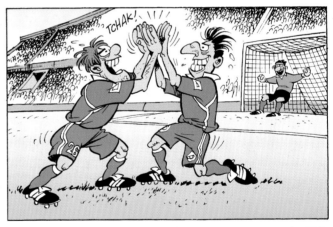

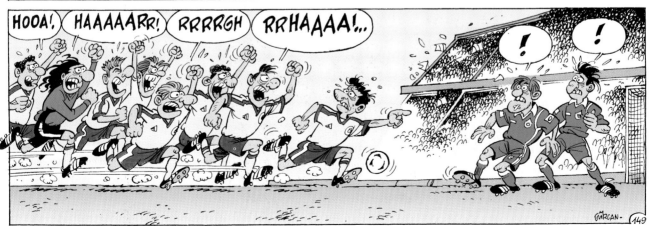

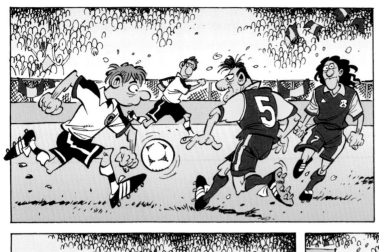
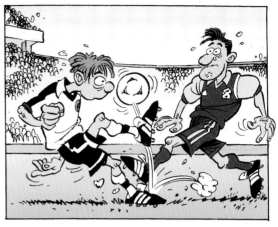
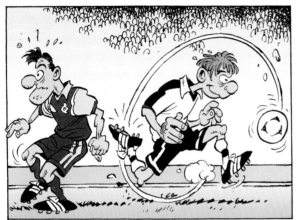
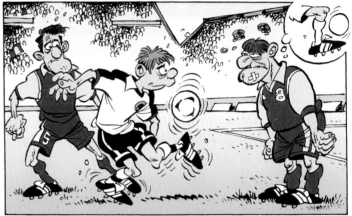
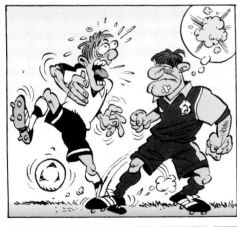
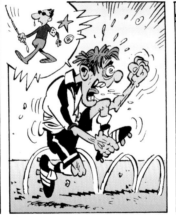
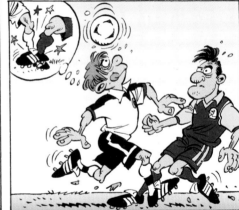
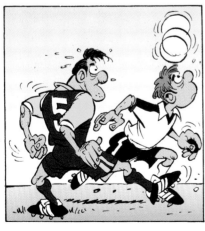
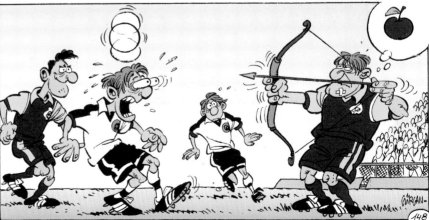

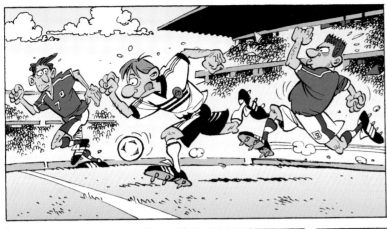

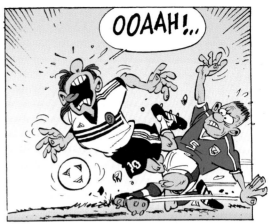

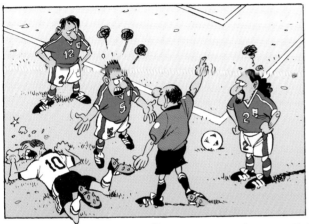

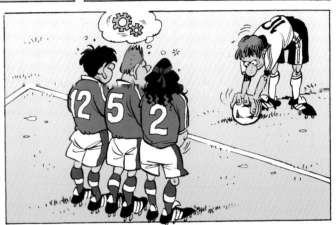

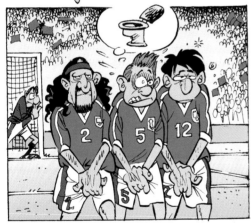

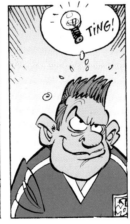

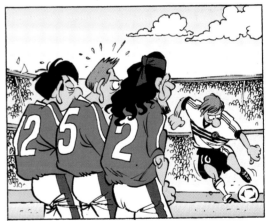

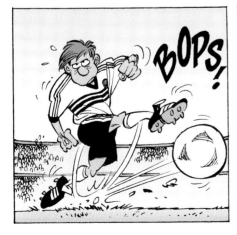

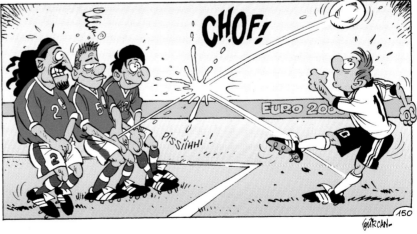

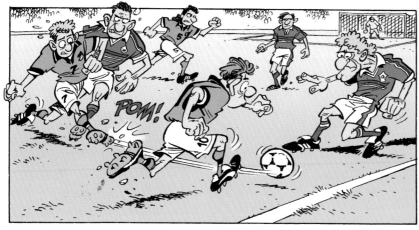
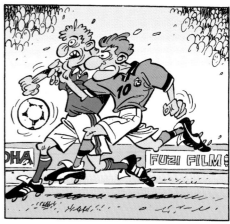
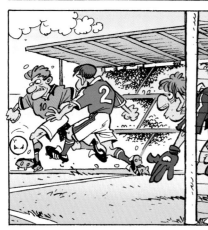
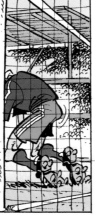
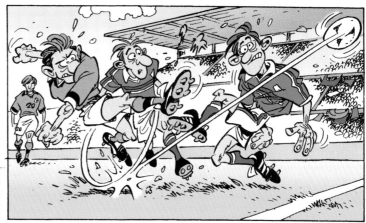
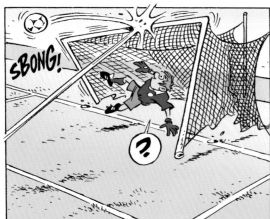
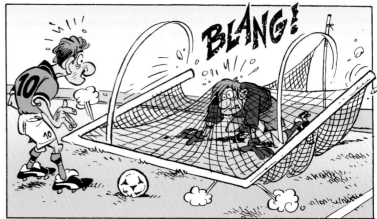
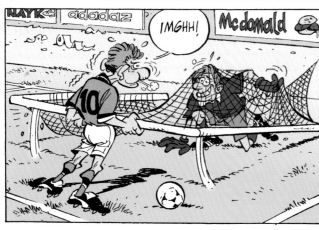
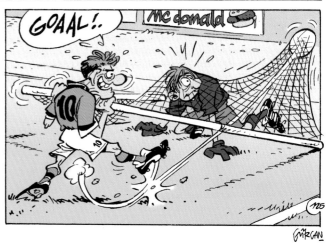

20

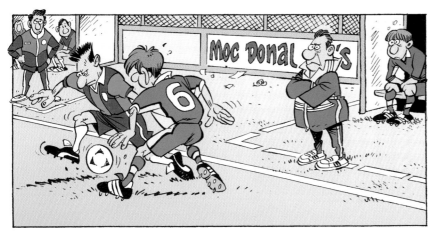
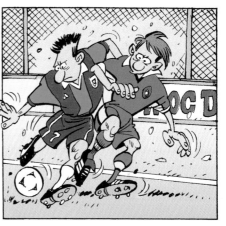
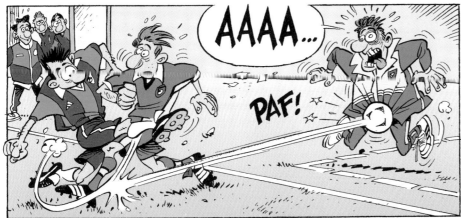
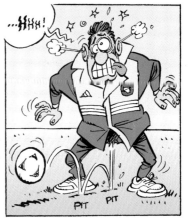
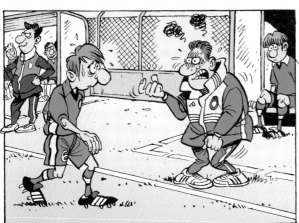
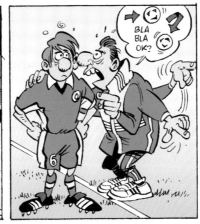
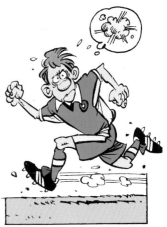
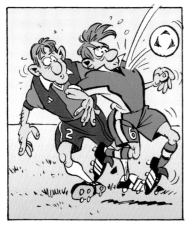
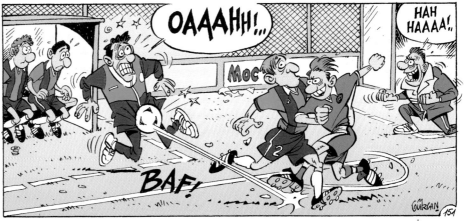

21

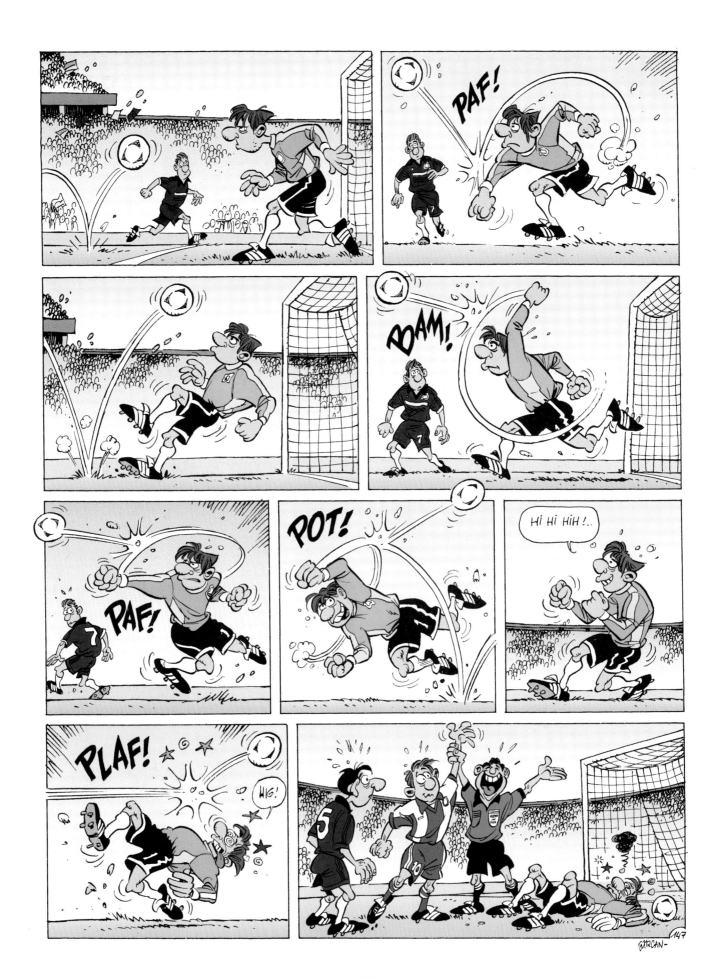

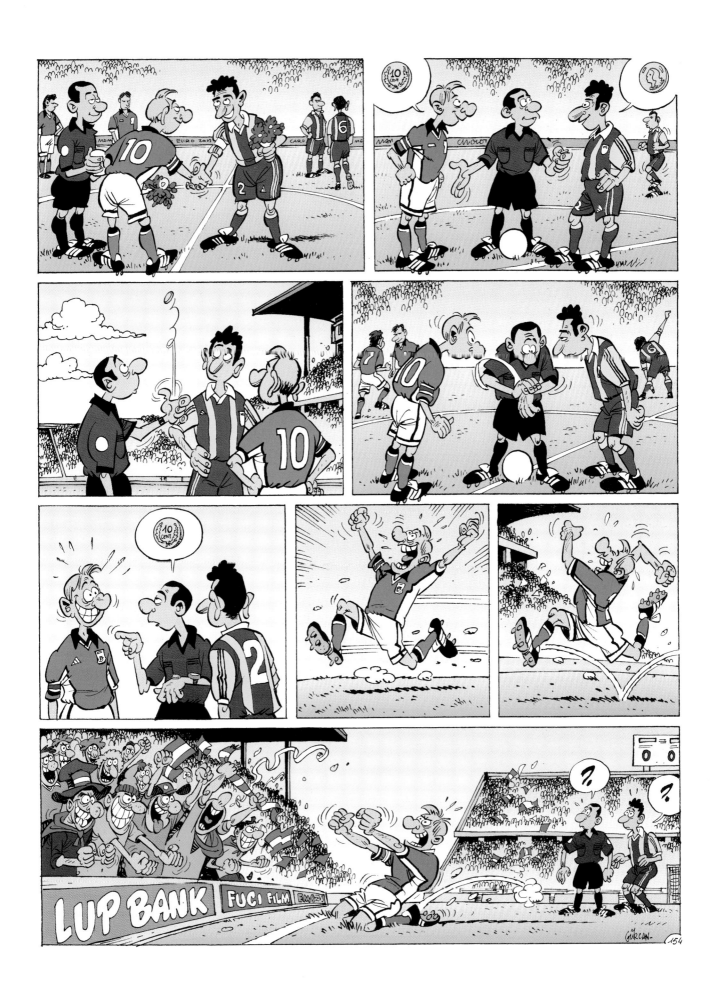

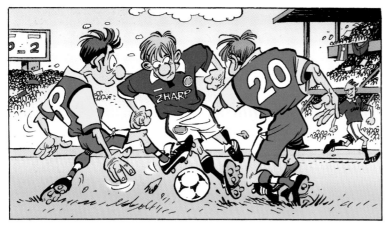
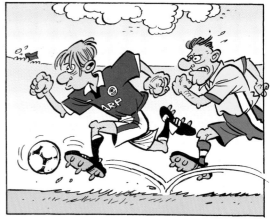
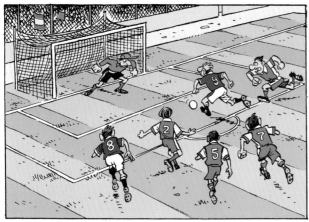
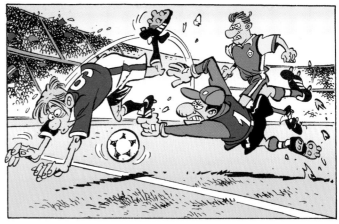
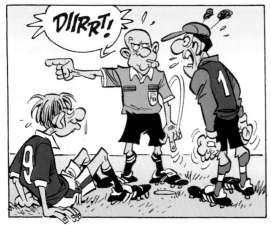
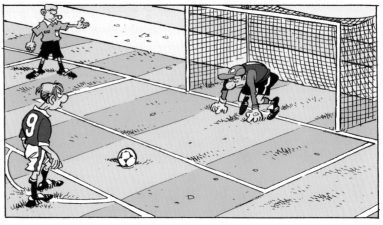
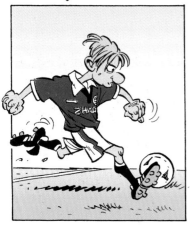
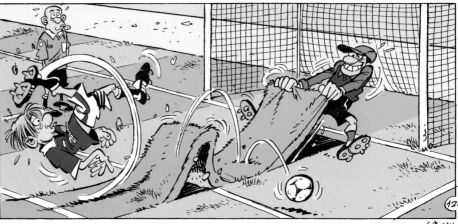

124

GÜRCAN

24

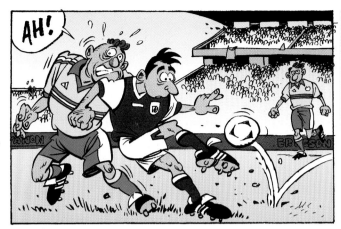
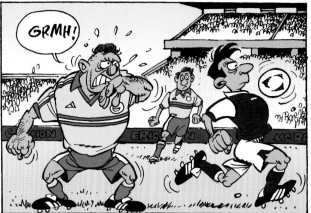
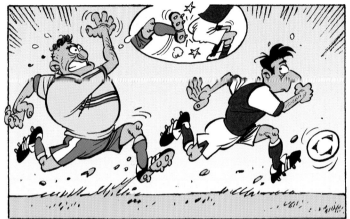
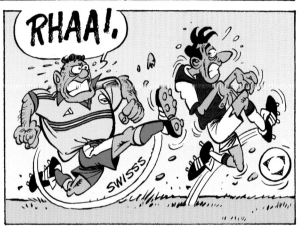
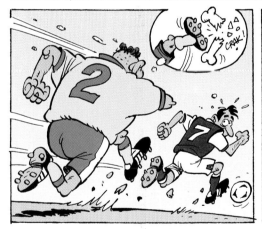
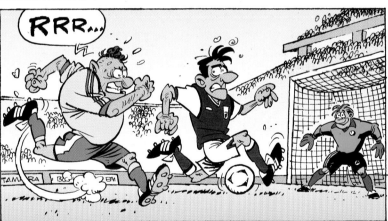
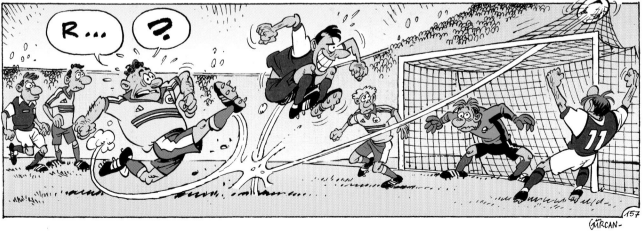

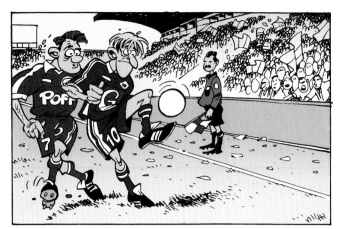
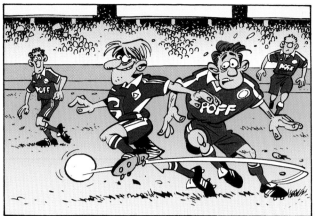
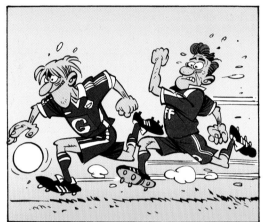
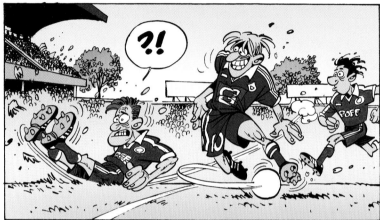
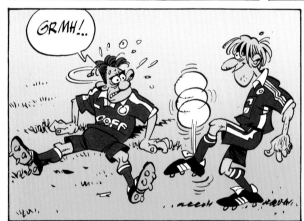
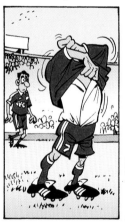
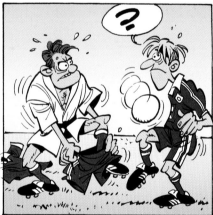
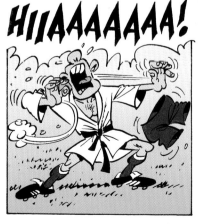
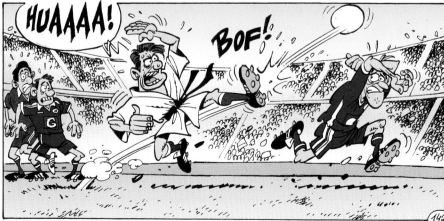

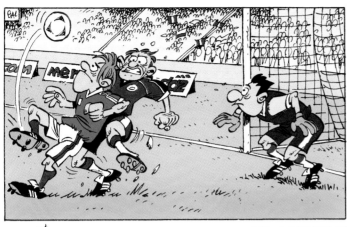

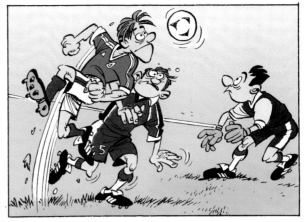

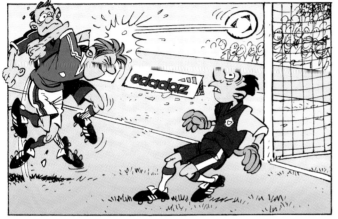

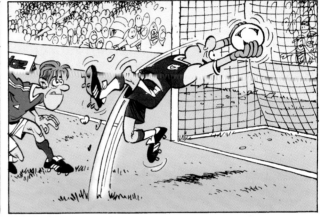

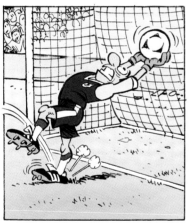

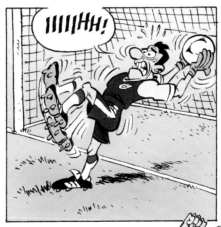

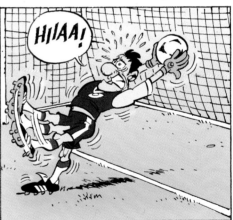

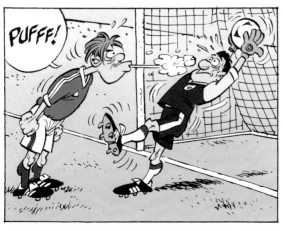

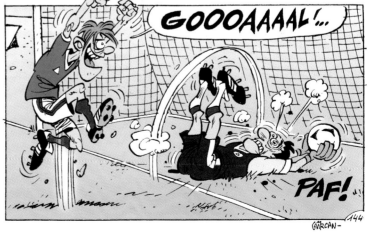

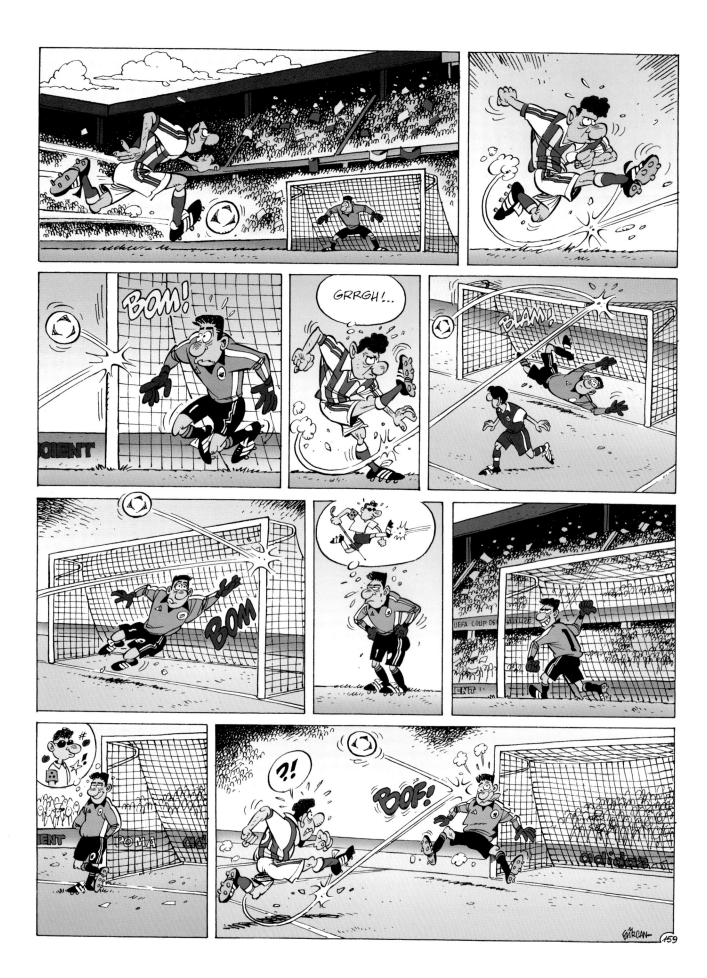

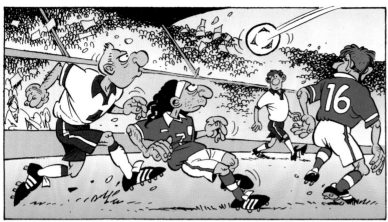
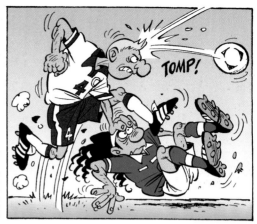
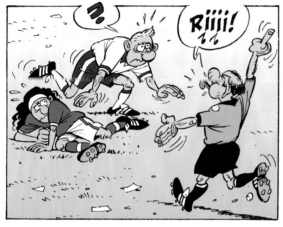
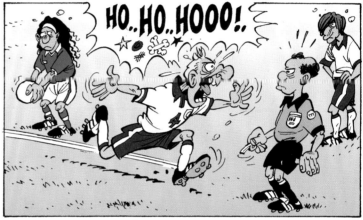
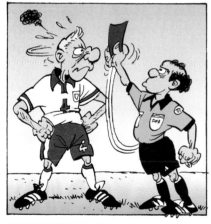
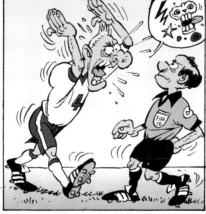
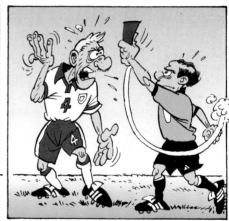
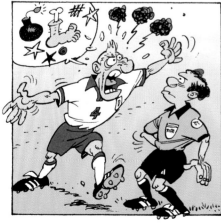
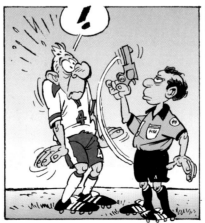
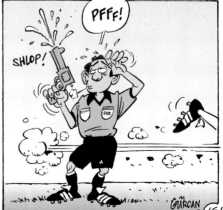

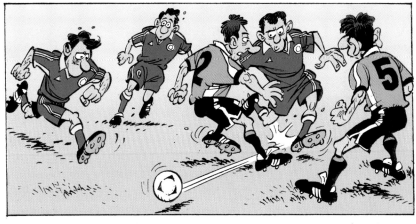
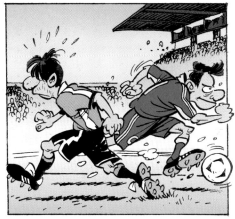
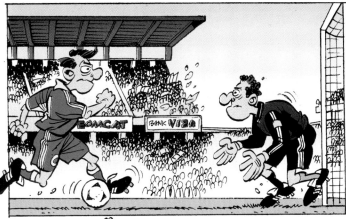
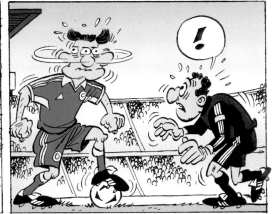
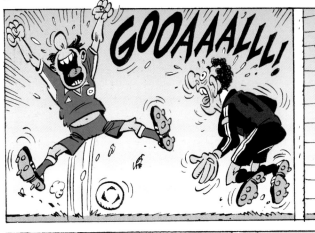
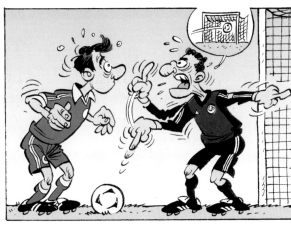
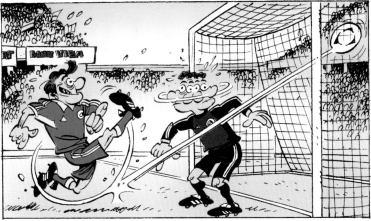
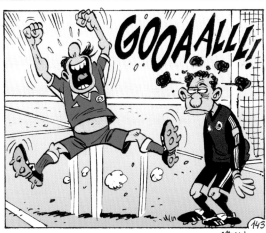

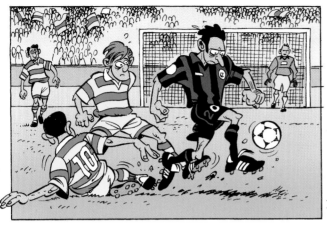
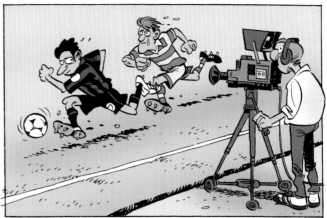
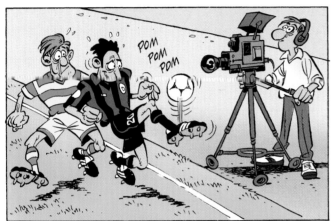
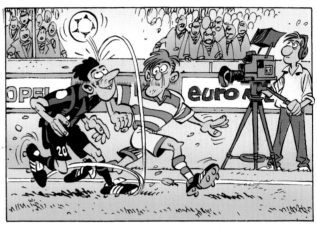
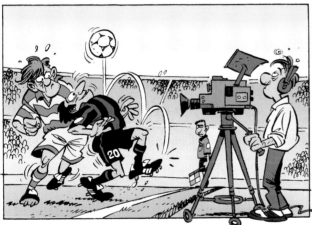
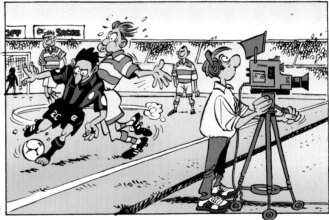
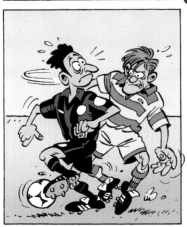
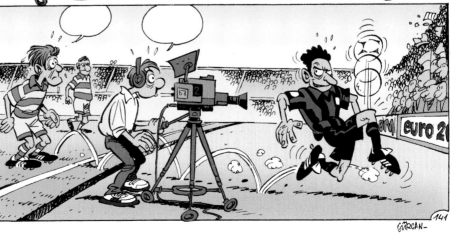

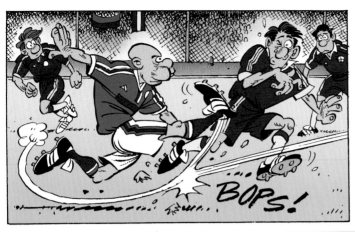

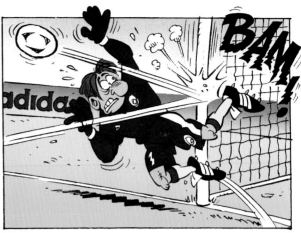

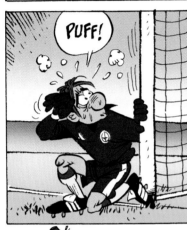

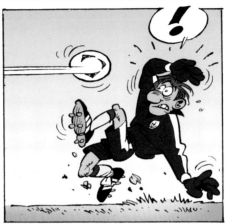

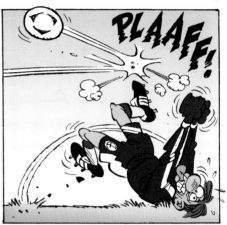

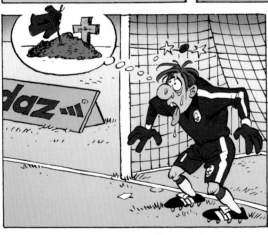

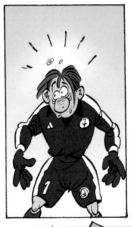

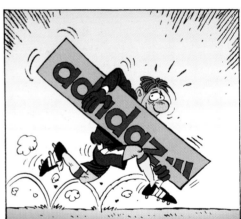

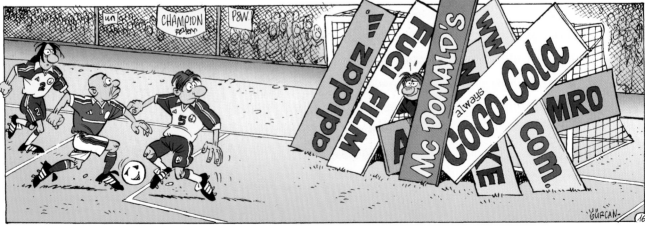

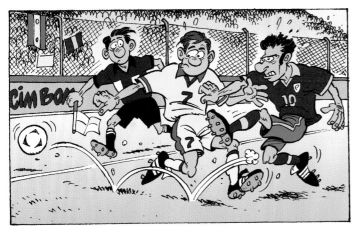

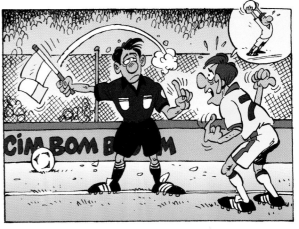

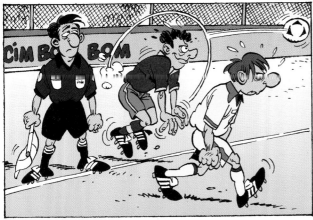

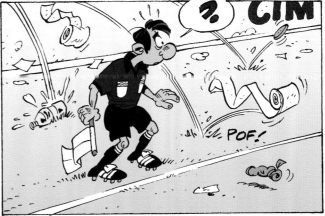

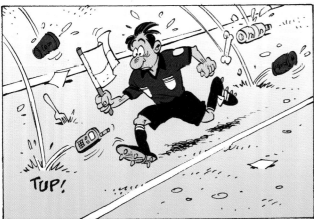

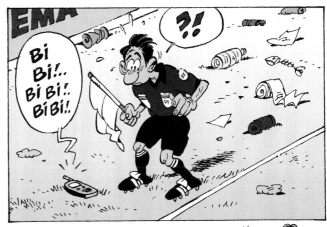

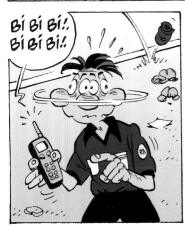

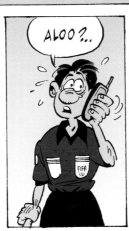

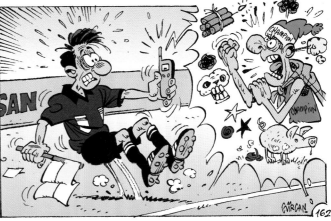

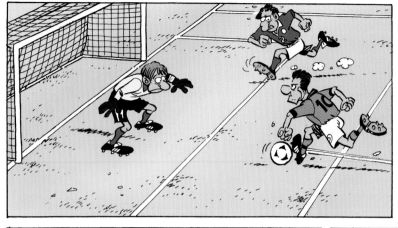
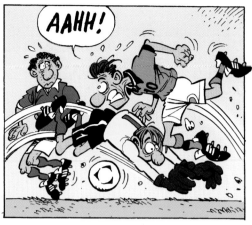
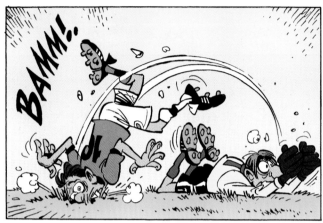
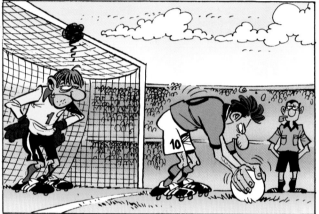
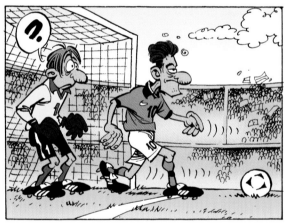
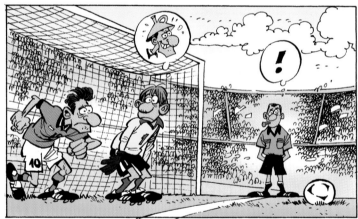
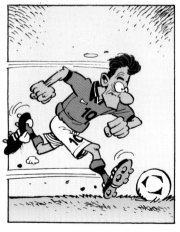
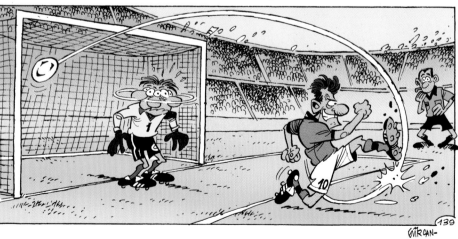

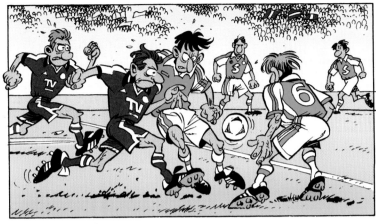
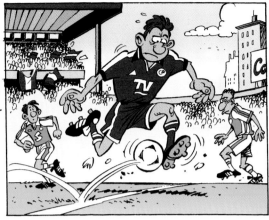

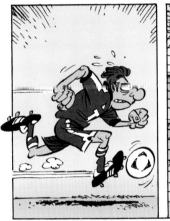
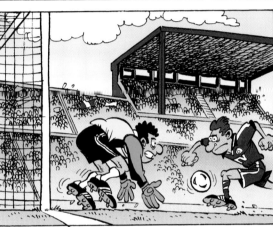
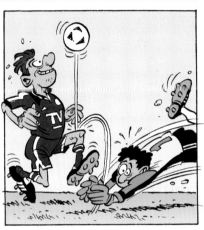

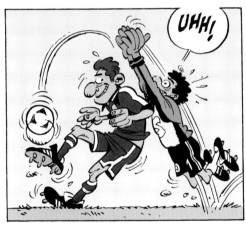
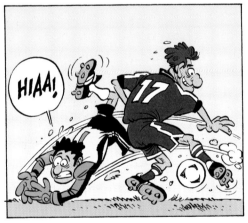
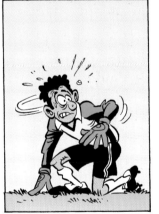

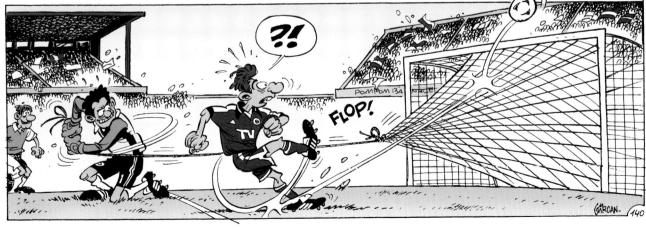

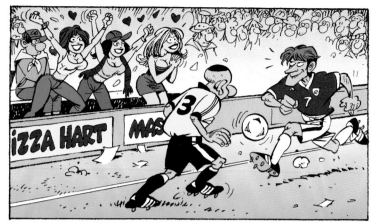
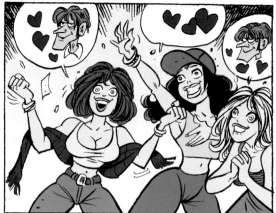
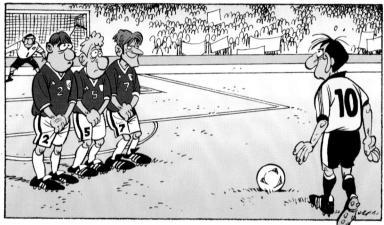
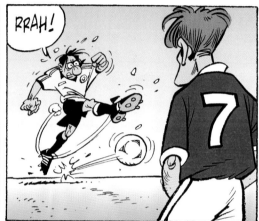
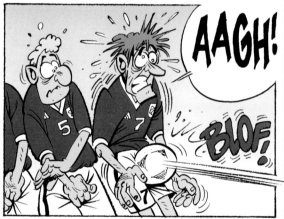
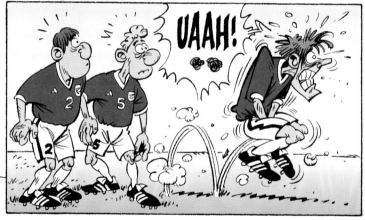
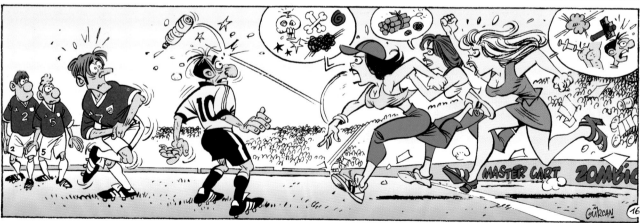

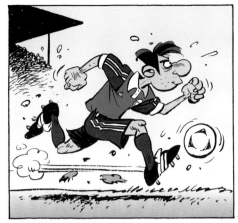
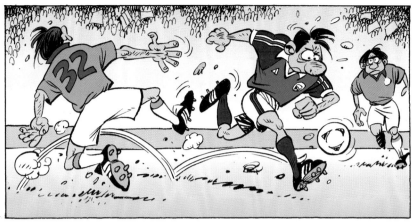
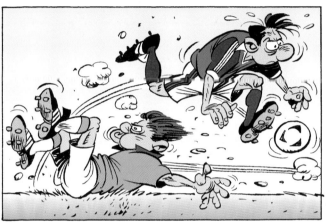
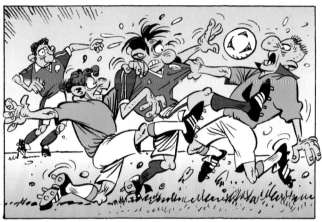
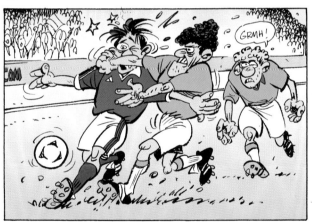
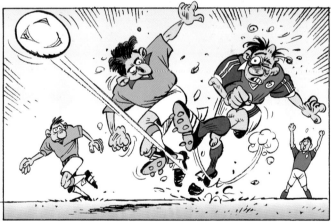
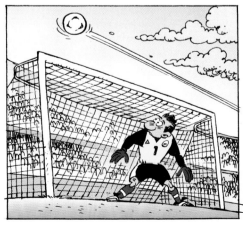
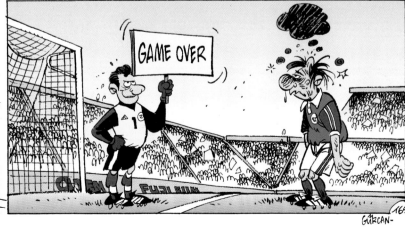

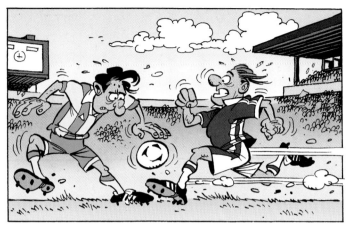
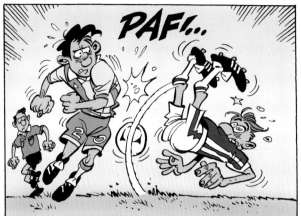
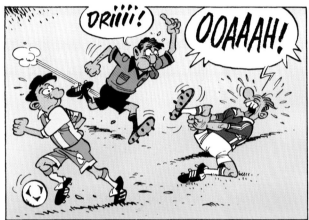
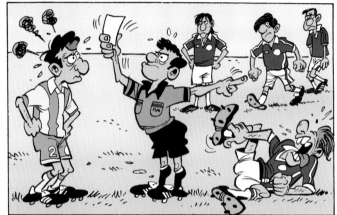
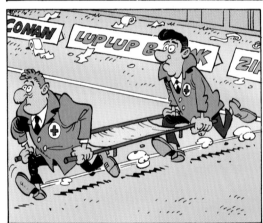
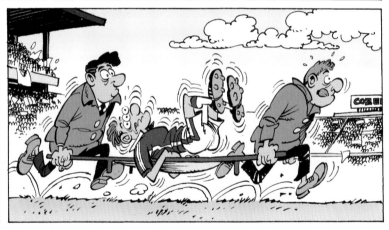
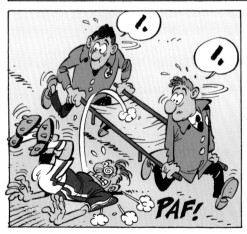
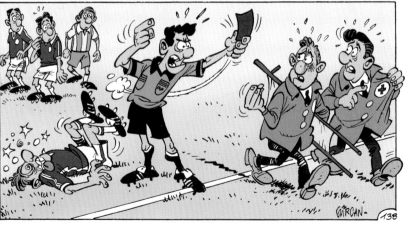

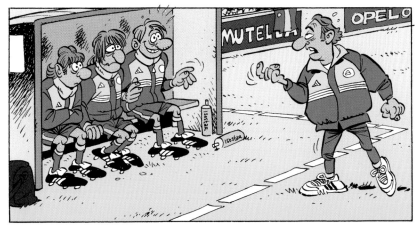
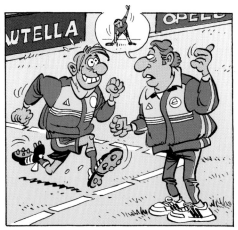
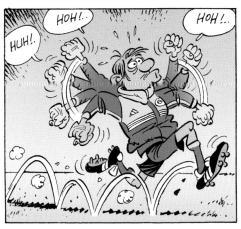
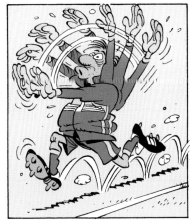
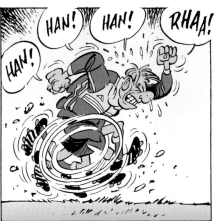
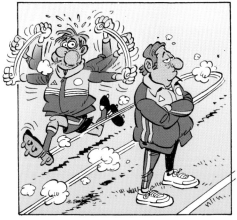
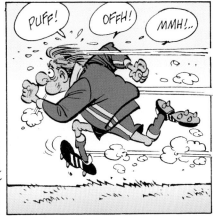
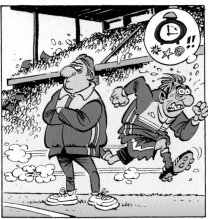
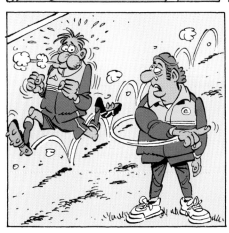
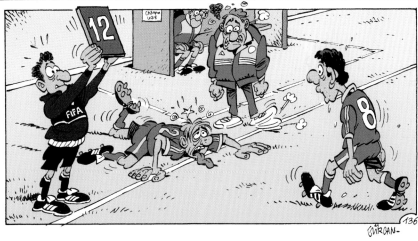

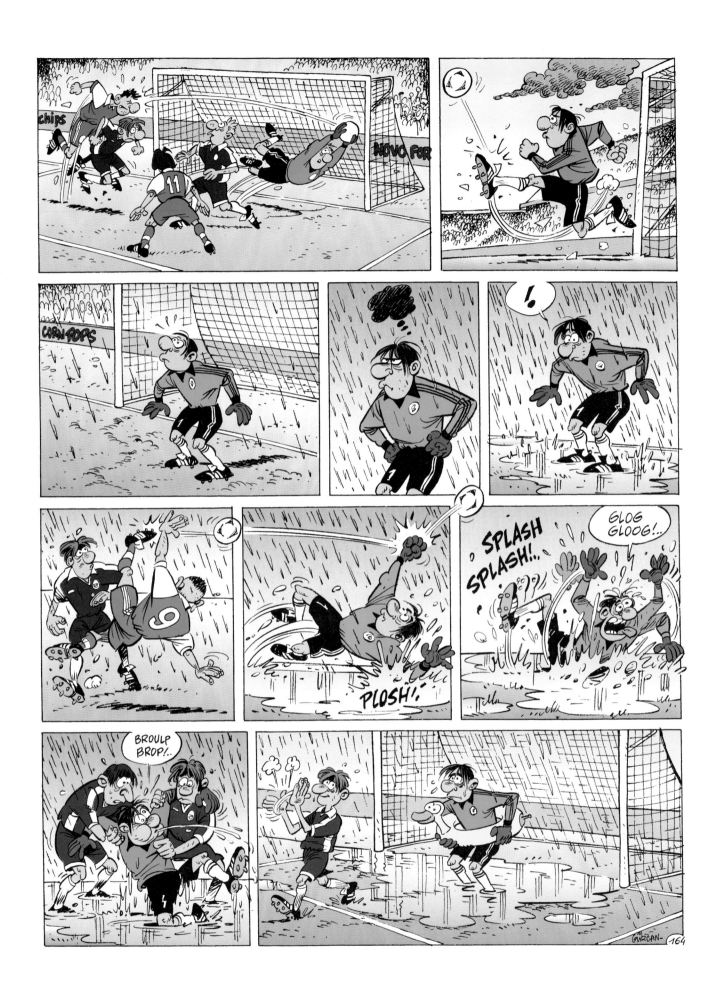

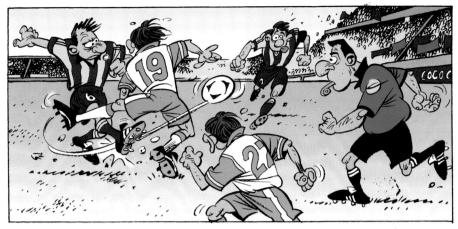
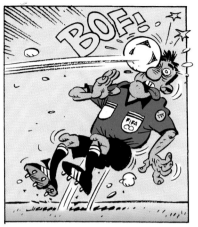
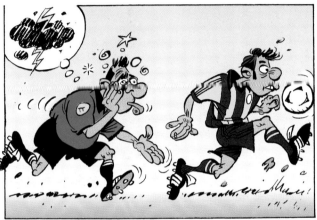
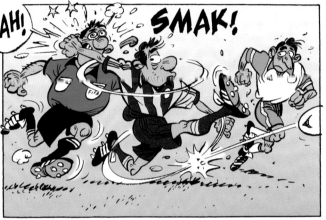
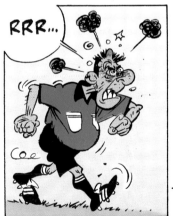
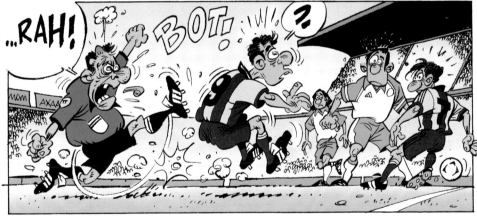
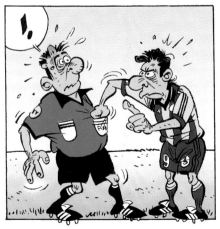
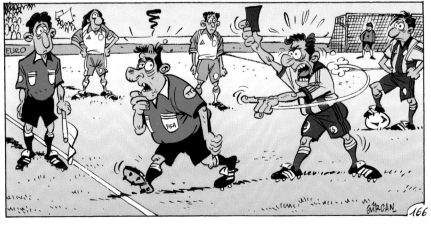

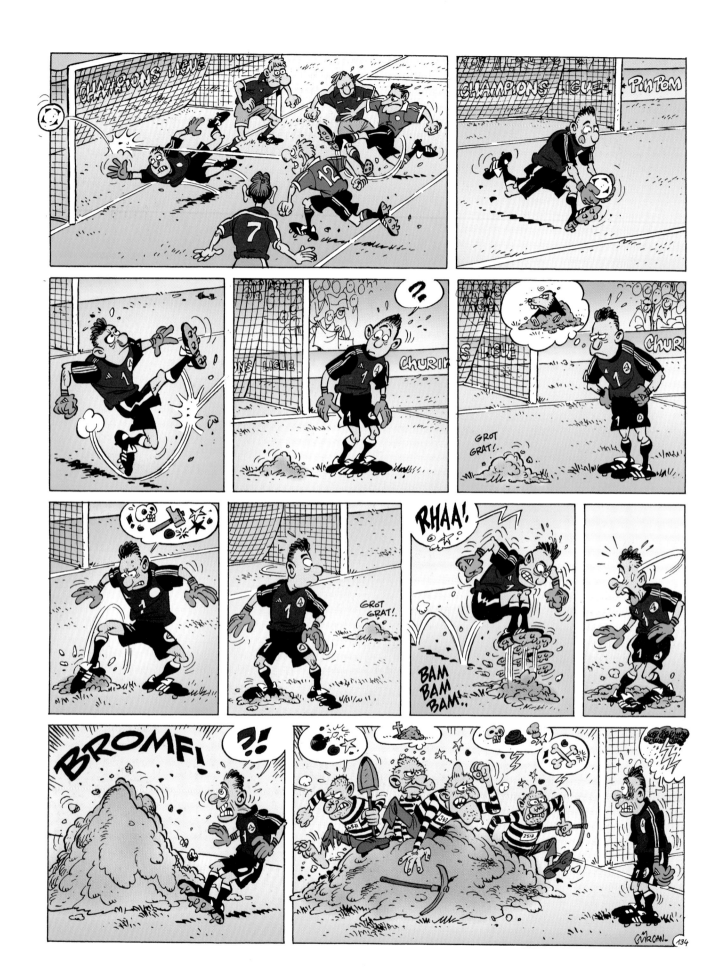

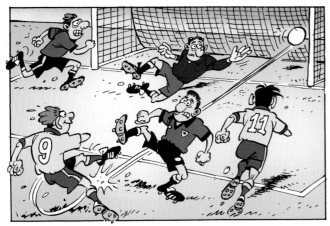

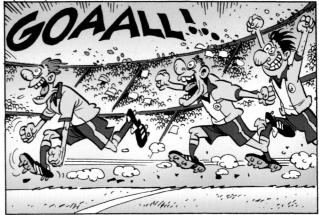

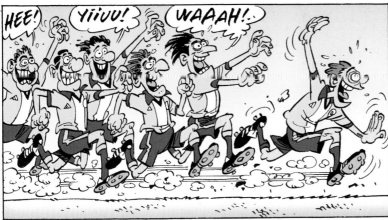

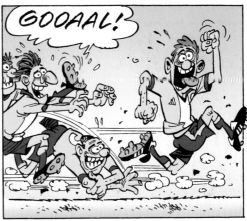

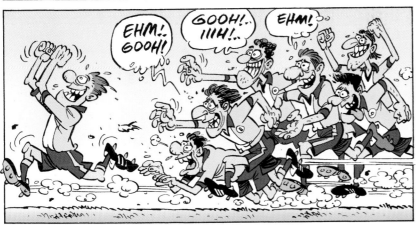

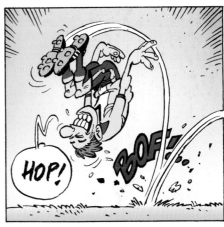

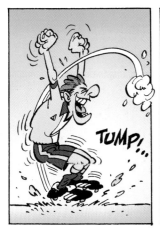

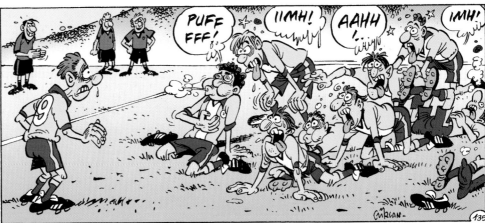

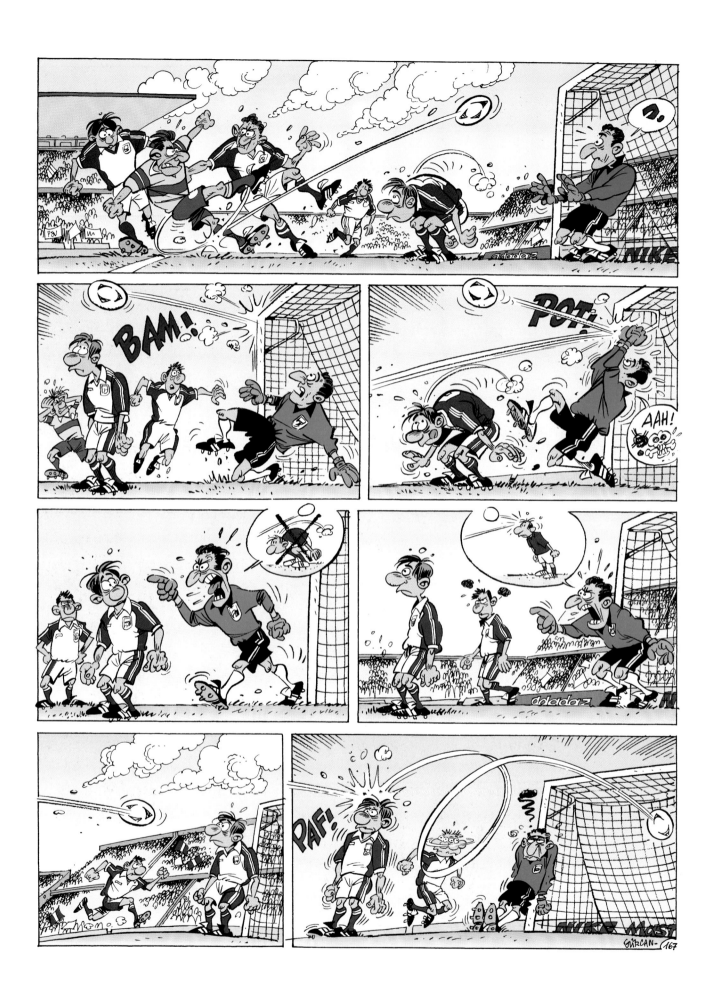

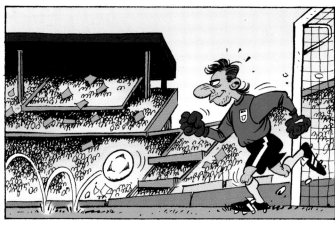
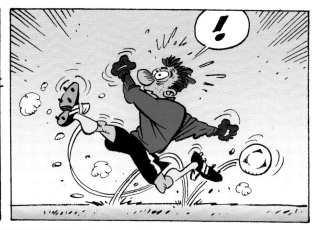
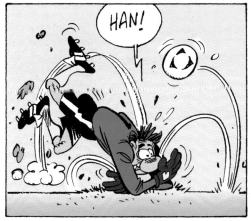
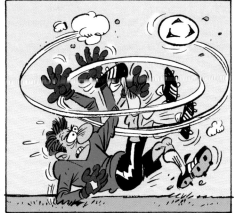
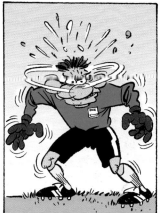
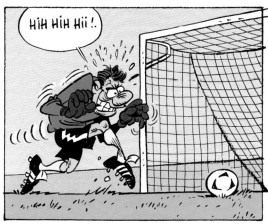
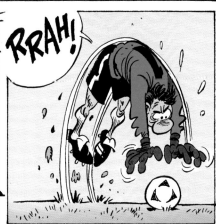
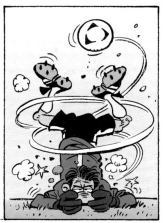
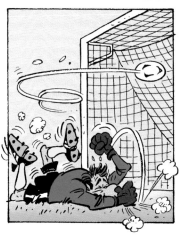
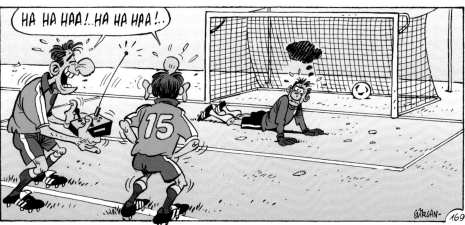

45

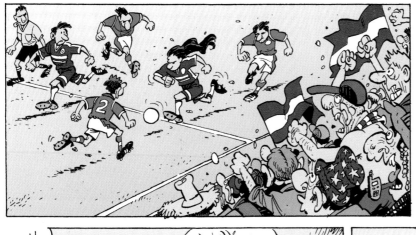
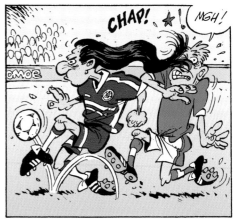
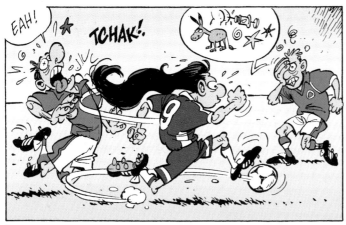
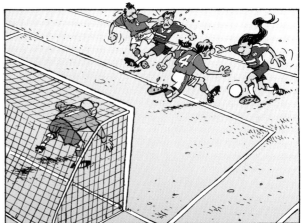
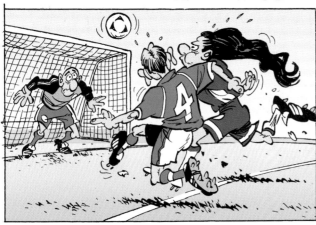
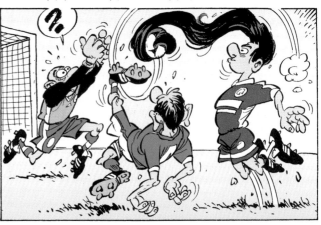
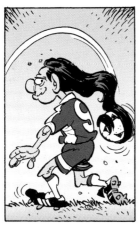
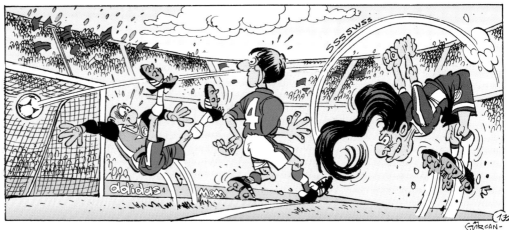

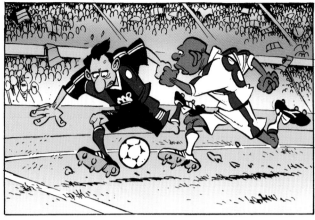
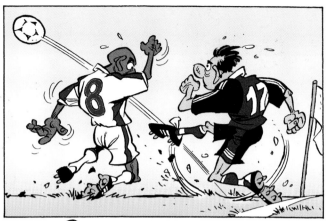
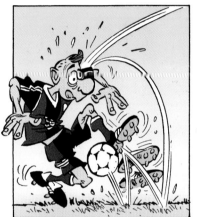
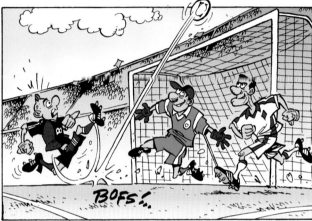
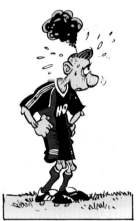
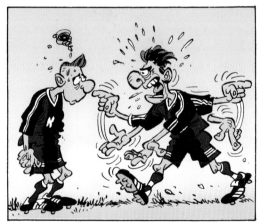
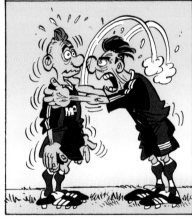
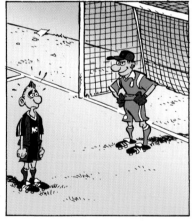
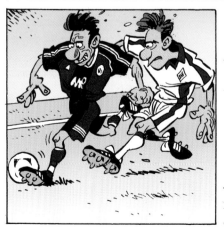
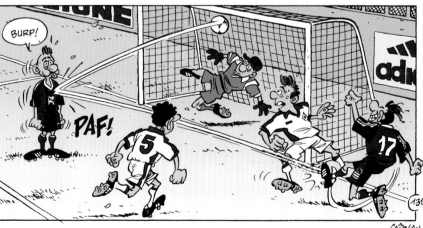

47

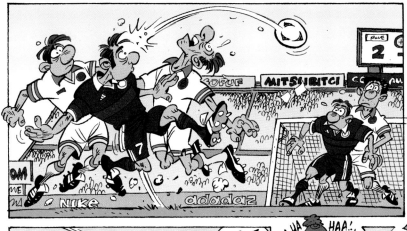
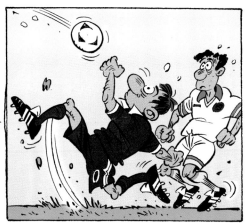
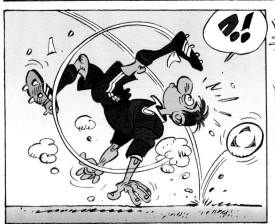
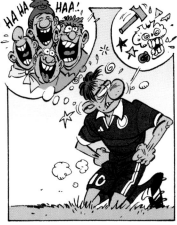
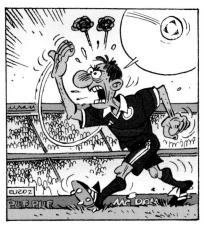
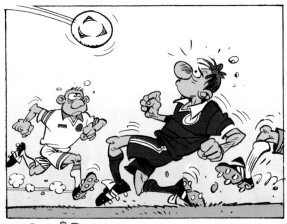
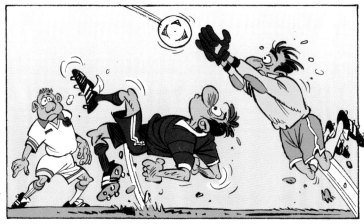
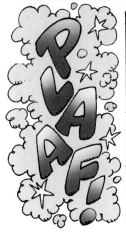
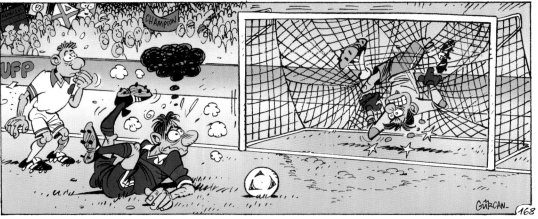